Le bal des cerfs-volants

Recueil de nouvelles

Karin Prince-Agbodjan

Copyright © 2023

Dédicace

À tous ceux qui ont cru en moi

Un clin d'œil particulier à Biassan mon amie de toujours.

Ce soir, je volerai

Anaïs regarda autour d'elle, hagarde. Des débris de plats et de verres jonchaient le plancher. Sa main tremblait encore et sa respiration était haletante.

Cela ne pouvait plus durer ainsi. Elle ne pouvait plus continuer. Elle ne se reconnaissait plus. Il fallait que quelque chose change.

Quand elle l'avait trouvé, elle pensait que c'était le bon. Évidemment elle savait que ce n'était pas forcément un contrat pour la vie. Des comme cela on n'en signait plus. Les choses avaient tellement changé depuis le temps de *abuelita* Anita. À cette époque-là, on pouvait en prendre un et le garder toute la vie. Elle l'avait vu chez sa grand-mère et son grand-père. Cinquante ans ensemble. C'est ainsi qu'ils l'avaient vécue, leur relation. Ils y étaient entrés et n'avaient plus regardé en arrière, ni à côté. Cela avait été une relation prévisible, solide, sécuritaire. Chacune des parties savait à quoi s'attendre. Les grands-parents assuraient tous les deux que cela leur avait donné une paix d'esprit.

Elle était également prête à le garder aussi longtemps que possible. Elle l'avait tellement attendu, elle l'avait tellement cherché. Elle était prête à se donner à lui corps et âme, à lui prouver sa bonne foi, sa volonté de réussir cette entreprise commune. Mais voilà lui, il était plus tatillon. Il ne voulait pas prendre de risques. Il voulait une période de probation. Ce n'était pas son genre à elle. Elle était totale, elle se donnait à fond dans tout ce qu'elle faisait. C'était tout ou rien. Mais cela, lui ne le savait pas encore. Il ne la connaissait pas encore bien. Elle devait avouer qu'elle non plus ne le connaissait pas bien. La relation était encore à ses débuts. Elle comprenait que dans une relation il fallait gagner la confiance l'un de l'autre. Mais elle avait l'impression que c'était surtout elle qui se battait pour gagner sa confiance.

Elle se voyait souvent donner tellement pour recevoir peu en retour. Elle était toujours disponible quand il voulait la voir, elle ne savait pas ménager son temps quand il s'agissait de lui. Elle voulait tant lui montrer combien elle était reconnaissante de l'avoir. Elle se démenait pour faire ses preuves. Toujours et encore plus, elle donnait et lui tel un enfant gâté ne semblait pas satisfait. Il prenait. Il était insatiable.

Elle pensait avoir appréhendé un peu ce dans quoi elle s'embarquait. Elle savait pertinemment dès le départ qu'il était sollicité de partout. La concurrence était rude. Mais c'était elle qu'il avait choisie. Ou plutôt, ils s'étaient choisis mutuellement. Anaïs avait été la première à succomber à son charme. Dès qu'elle l'avait vu, elle avait su que c'était lui qu'elle voulait. Elle avait été prête à foncer, à entrer en contact avec lui pour lui signifier son intérêt. Puis, le doute l'avait assaillie. « Et si je ne lui faisais pas bonne impression ? » « Et si ça se passait mal ? » Son amie Carmen l'avait regardée avec sollicitude et de sa voix douce, mais ferme, lui avait rappelé : « Tu as tout ce qu'il faut pour que ça marche et tu le sais. »

Elle n'avait pas dormi de la nuit, le jour précédant leur rencontre. Elle se demandait s'il allait confirmer la première impression favorable qu'elle avait eue de lui, si elle allait lui faire de l'effet à son tour, et si elle allait éveiller son intérêt pour qu'ils fassent équipe ensemble. Elle s'était réveillée le matin de la rencontre le ventre noué par le stress, l'angoisse, mais aussi l'excitation. Elle avait passé un temps précieux devant sa penderie, indécise. Que choisir pour un tel jour ? La robe beige boutonnée sur le devant : non, trop sage ; le pantalon tailleur anthracite : trop austère ; la robe bleue à pois blancs : trop décontractée. Elle avait fini par appeler son amie Carmen à la rescousse.

L'œil acéré de Carmen, à travers la caméra du Zoom, avait passé au peigne fin sa garde-robe pour l'aider à dénicher la tenue gagnante : un pantalon de toile bleu marine et un chemisier à motifs fleuris. Le temps commençait à se réchauffer. La fraîcheur printanière cédait le pas à une douceur dans l'air qui annonçait des jours plus lumineux, plus gais. La tenue gagnante était en accord avec le temps.

Anaïs était arrivée en avance. Il était venu à l'heure. Nervosité. Gêne. Tension. Les premiers instants avaient été maladroits pour Anaïs. Lui, était demeuré égal à lui-même. Cependant, sa voix était douce, rassurante. Cela avait aidé, Anaïs. Elle s'était détendue. Ils avaient discuté. En fait, c'était elle qui avait le plus parlé. Lui, il écoutait, puis il posait des questions, et parfois il prenait des notes. Elle avait eu la confirmation qu'elle ne s'était pas trompée au sujet de sa première impression : son profil correspondait bien à ce qu'elle recherchait. Elle n'avait pas su dire sur le moment si elle répondait à ses critères.

Le téléphone avait sonné quelques jours plus tard. C'était lui.

Anaïs se remémora l'euphorie du début. Elle avait appelé ses amis pour leur annoncer la bonne nouvelle. Carmen, Sally, Ludo, Ben, Gina. Ils avaient été heureux pour elle. Ludo l'avait tournoyée dans les airs. Puis tous l'avaient abreuvée d'une pluie de bisous. Les félicitations fusaient de part et d'autre. Ils savaient combien elle l'attendait. Ils savaient combien il comptait pour elle. Ils se souvenaient de ses déboires, de ses déceptions. Ils n'avaient pas oublié ces refus qu'elle avait essuyés, ni ces larmes qui les avaient suivis. Mais ils gardaient aussi à l'esprit son optimisme, sa détermination à avancer en dépit des coups bas. Puis elle leur avait dit « Il y a de bonnes chances que ce soit le bon. Ce coup-ci, je le sens. » Ils avaient fait la fête.

Anaïs s'était jetée à corps perdu dans la relation. Elle voulait honorer leur engagement. Elle n'avait pas compté les sacrifices. C'était pour la bonne cause. C'était important. Chaque fois qu'il avait eu besoin d'elle, elle avait été présente. Et même quand il ne le lui avait pas demandé, elle avait voulu anticiper ses désirs pour le surprendre, lui faire plaisir.

Il n'était pas très loquace, mais les rares fois où il s'ouvrait pour lui témoigner qu'il appréciait son investissement dans la relation, il la comblait au-delà de tout mot. Ces moments effaçaient toutes les frustrations qu'elle pouvait vivre. On aurait dit qu'elle ne vivait que pour ces instants. Elle ne vivait que pour lui. Elle n'avait plus de vie. Il était sa vie. Elle avait maintenant l'impression de suffoquer.

Anaïs balaya son appartement du regard. Elle semblait avoir retrouvé un peu de lucidité. Les éclats de verre se mêlaient à de la terre cuite çà et là dans le salon. Anaïs eut une moue d'incrédulité. « Ça ce n'est pas moi », murmura-t-elle. Un véritable bazar. Un coup de balai serait le bienvenu, mais elle n'en avait pas la force, ni l'envie d'ailleurs. Elle se sentait lasse d'un coup. La colère et la frustration qui l'avaient portée venaient de la lâcher aussi soudainement qu'elles avaient fondu sur elle. Elle se dirigea vers le canapé pour s'y affaler, mais se ravisa en pensant à d'éventuels débris de vaisselle qui pourraient y avoir volé. Elle se traîna jusqu'à sa chambre et se laissa choir sur son lit.

« J'ai la meilleure saveur » ; « Non, c'est moi ». Anaïs imagina le tintement des cuillères, les conversations animées de ses amis et leurs fous rires alors qu'ils se trouvaient assis sur la terrasse du meilleur glacier du centre-ville.

— Tu viens avec nous ? avait demandé Carmen quand elle avait appelé.

Anaïs avait soupiré.

— J'aimerais bien, mais je ne peux pas.

— D'accord. À plus.

Carmen n'avait rien ajouté d'autre. Elle n'avait pas besoin de parler, Anaïs savait ce qu'elle pensait. Elle laissait tomber ses amis depuis qu'elle avait trouvé son nouveau bonheur. Elle ne pouvait pas contester cela. Elle avait dû décliner tellement d'invitations, elle avait manqué tellement de fêtes, de rassemblements. Et pourtant, elle avait vu rouge quand le coup de fil habituel qui venait lui rappeler le resto qu'ils se faisaient chaque mois chez Ben, le gourmet du groupe, n'était pas arrivé le mois dernier. Elle ne s'était pas gênée pour se plaindre, accusant Ben d'exclusion. Ben avait calmement répondu que ce n'était pas l'intention et qu'ils avaient pensé que comme elle avait été constamment occupée récemment, il fallait mieux lui donner du temps. Elle s'était sentie vexée, avait-elle confié à Ben et au groupe par la suite. Ils avaient promis de faire mieux. Et ils avaient tenu parole. Aujourd'hui, Carmen l'avait appelée. C'était elle Anaïs qui n'avait pas su faire mieux, une fois encore. « Pas le temps, pas le temps ». C'est tout ce qu'elle avait à la bouche en ce moment. Que faisait-elle donc de son temps ? Qu'est-ce qui était prioritaire dans sa vie ? Elle se sentait tout d'un coup comme une princesse dans un château fort.

Cela ne peut plus continuer ainsi, se dit-elle à nouveau. Elle devait reprendre sa vie en main. Elle ne se reconnaissait plus en la jeune femme qu'elle devenait. Les rires insouciants s'érodaient tranquillement de sa vie ; inquiétude et irritabilité y prenaient refuge. Il ne lui avait rien dit. Mais elle se demandait quel compagnon de route elle était désormais. Avait-il remarqué des changements en elle ? Elle ne les voyait que trop bien elle-même. Ce brusque accès de rage qui l'avait saisie un peu plus tôt quand elle avait raccroché avec Carmen et qu'elle avait réalisé que sa vie lui échappait ; elle s'était sentie traquée, piégée. La rage avait déferlé sur elle abruptement, tel un volcan en sommeil qui se réveille. Les laves de tension, de stress, de colère, de frustration s'étaient mises à couler au rythme de la vaisselle qui était entrée dans une danse endiablée.

Je suis envoûtée, pensa Anaïs un moment. Elle sourit à cette idée saugrenue. Saugrenue, oui, mais elle n'écarta pas pour autant l'idée. En fait, c'est ainsi qu'elle se sentait souvent. Possédée. Elle l'avait dans la peau. Elle se réveillait avec lui et s'endormait avec lui. Il la tenait même éveillée au milieu de la nuit. Cela arrivait particulièrement quand ils avaient des différends. Elle n'était pas sûre qu'il perdait le sommeil à cause d'elle. Elle n'avait pas osé lui poser la question.

Qu'est-ce que je fous dans cette relation ? Ce n'est pas ce pour quoi j'ai signé.

Ce n'était pas ce à quoi elle s'attendait, ce à quoi elle avait dit oui. Elle avait certes décidé de respecter coûte que coûte sa part du contrat, mais elle n'avait pas prévu que le prix à payer serait si lourd. Elle ressentait le poids de cette relation qui était presque à sens unique. Du temps, il lui fallait du temps, lui avait-il dit. Jusqu'à quand encore et pour quel résultat ? se demanda Anaïs. Fidélité et loyauté étaient les valeurs clés qui avaient rythmé la vie de *abuelita* Anita et de *abuelito* Felipe. Ils les avaient semées, ils les avaient récoltées en retour. Qui y croyait encore aujourd'hui ? Moi, pensa Anaïs. Elle avait toutefois l'impression qu'elle était la seule à y tenir dans cette relation. Elle ne pouvait pas se faire à ces repères mouvants qui devenaient la norme. Elle avait besoin de stabilité. On ne pouvait pas se réinventer sans cesse, être en continuelle adaptation. Sally semblait d'un tout autre avis, pourtant. Son amie ne se prenait pas la tête, elle prenait la vie comme elle venait, elle y mordait à plein dents. Il faut croire que les attaches, ce n'était pas son fort. Cela ne te manque pas, la stabilité ? lui avait demandé un jour Anaïs « Pour quoi faire ?» avait-elle répondu le sourire dans la voix. Sally donnait l'air d'être parfaitement satisfaite de sa vie de bohême, alors qu'elle Anaïs avait besoin de poser ses valises.

Elle payait cher pour poser ses valises. Elle avait brûlé des fondations importantes. Dans le feu de la passion, l'ivresse de cette relation tant attendue, tant espérée, elle s'était laissée aller, elle n'avait pas osé négocier des filets de sécurité dès le départ. C'était à coup sûr la recette de la catastrophe quand on était quelqu'un comme Anaïs. Entière elle était, Anaïs. Entière pour le meilleur et pour le pire. Cela avait souvent été pour le pire. Elle revoyait sa vie d'écolière et de jeune adulte ; elle se rappelait les abus de part et d'autre, tous ceux qui n'avaient pas hésité à en demander plus, encore et toujours plus. « Tu sais, tu es trop gentille. » C'était ainsi qu'elle lui parlait, Carmen. Carmen, son amie de toujours. Elle avait raison. Elle était trop gentille, elle était trop généreuse, elle ne savait pas dire non. Des limites. C'est qu'elle aurait dû négocier dès le début de la relation. Des règles à respecter, des lignes à ne pas franchir, un code de conduite à tenir contre vents et marées, au risque de tout perdre.

Pour quoi avait-elle encore dit non à ses amis ce soir ? Qu'est-ce qui était si essentiel qu'il faille que coup sur coup elle néglige tant de choses ? Elle avait tellement donné. Mais que recevait-elle ? La promesse d'un bonheur à venir. Qui lui garantissait que ce bonheur tiendrait promesse ? Si elle peinait à le vivre dans le présent, le futur dont il lui parlait souvent se montrerait-il plus généreux ? Qui détient le temps ? Qui le contrôle ? Qui peut donc assurer que ce qu'il planifie se déroulera comme prévu ? Vanité. Tout ceci n'est que vanité.

Elle ne pouvait plus se fermer les yeux. Elle ne pouvait plus jouer à l'autruche. Elle devait prendre une décision. Renverser la vapeur, établir de nouvelles règles, changer la dynamique de la relation. Se retenir, donner tout juste ce qu'il faut, ne pas se saigner, ne pas dépasser ses attentes. Ou alors… la pensée lui coupa le souffle. La peur et l'anxiété qu'elle pensait avoir mis sous clé avaient trouvé le moyen de se libérer et déjà elles l'entraînaient dans une danse qui faisait virevolter sa tête. Le vertige était si grand et le précipice vers lequel elles la tiraient sans fond. Anaïs sentait ses mains moites et une bouffée de chaleur qui l'assaillait. Son cœur tambourinait dans sa poitrine. De nouveau ce nœud dans l'estomac, fidèle compagnon de ses traversées du stress. Il s'accompagnait de cette sensation nauséeuse qui la saisissait à la gorge. Anaïs se raidissait et bloquait sa respiration. Ce n'est rien, ça va aller, se raisonnait-t-elle. Relax, il n'y a pas de loup dans la bergerie. Tout va bien.

Anaïs y repensait encore. Se retrouver seule. Reprendre sa vie en main. Être autonome.

Oui, mais comment faire ?

Anaïs s'est souvenue de Liza ; elle lui avait parlé de sa cousine qui l'avait fait. Elle avait osé franchir le pas. Elle avait coupé ces attaches qui la retenaient prisonnière. Elle avait refusé cette tutelle qui l'étouffait. Elle avait dit « C'est fini. Je suis fatiguée de rendre des comptes ; je veux vivre pour moi ». Et elle était partie.

Anaïs savait pourtant que ce n'était pas rose. Liza lui avait raconté qu'elle avait été témoin des larmes de sa cousine, des doutes qui l'assaillaient par moments. Avait-elle pris la bonne décision ?

Anaïs voyait défiler sa vie.

Fallait-il repasser encore à travers ces galères ? Ces angoisses ? Ces larmes ?

Le désert. L'attente. L'agonie.

Non, je ne pourrai pas ; c'est au-dessus de mes forces. Je ne veux plus vivre cela.

La pensée jaillit de nulle part et s'imposa à son esprit. Elle supplanta toutes celles qui défilaient tous azimuts dans sa tête. « Tu vaux plus que cela. » On dirait la voix de Carmen. Douce, mais ferme.

Les mains d'Anaïs tremblaient alors qu'elle appuya sur ce numéro sauvegardé qu'elle aurait pu composer les yeux fermés. Une, deux sonneries, puis sa voix douce et rassurante retentit au bout du fil. Il l'appela par son prénom. La gorge d'Anaïs se noua. Reprends-toi ma fille se réprimanda-t-elle ; ce n'est pas le moment.

— Salut Steve. … Oui ça va. Anaïs fit une brève pause puis enchaîna, fébrile : en fait ça va merveilleusement bien.

— C'est génial ! On se voit ce soir comme convenu ?

— …Non…C'est terminé.

— Pardon ?

— Je ne viendrai pas travailler pour toi ce soir, je ne viendrai pas les autres jours non plus. Je quitte la compagnie.

— …

— Tu m'as donné ma chance, je t'en remercie. Je n'ai plus besoin d'un contrat indéterminé. À présent, je vais continuer mon chemin seule.

— …

— Je me mets à mon propre compte. Je passerai au bureau dans la semaine pour y chercher mes affaires.

Me voici !

Sika soupire bruyamment. Une autre journée interminable à passer. Elle dépose d'un geste agacé la poupée avec laquelle elle joue depuis un moment déjà. Cora, c'est ainsi qu'elle l'appelle ! Papa la lui avait offerte deux ans plus tôt, quand ils étaient sortis rien qu'elle et lui. Dans le magasin de Joseph le Libanais, communément appelé Fo Jo, elle trônait fièrement dans sa robe écarlate au milieu des produits hétéroclites qui encombraient les étagères. Conserves, biscuits, produits de quincaillerie, appareils électroniques n'avaient pas su lui voler la vedette. Rien dans le magasin n'avait un éclat comparable à celui de cette poupée. Ses cheveux blonds tombaient sur ses épaules, ses yeux étaient marron et ses lèvres rose corail étaient étirées en un sourire discret. Sa robe, d'un rouge vif, était évasée et lui arrivait aux chevilles.

Debout à côté de papa qui la tenait par la main, tout en fouillant de l'autre une tablette sur laquelle étaient disposées des ampoules néon, Sika n'était pas arrivée à détacher ses yeux de Cora. Le jouet était posé trois étagères plus loin du côté opposé de là où elle se trouvait avec papa. Elle rayonnait. Elle était si belle ! Cette poupée l'avait attirée comme un aimant. La petite fille l'avait longuement contemplée comme si elle était plongée, perdue en elle. C'était au point où son père avait dû l'appeler à quelques reprises pour la ramener sur terre. Au moment où elle quittait l'allée abritant cette merveille qui avait ravi son cœur, Sika s'était retournée une dernière fois pour la regarder sans toutefois avoir le courage de demander à papa de la lui acheter. Quelle n'avait pas été sa surprise de voir quelques jours plus tard papa lui remettre un paquet qui ne contenait rien d'autre que l'objet de ses rêves !

Sika ne saurait compter les heures qu'elle avait consacrées à Cora. Elle avait été sa partenaire dans d'innombrables jeux de rôle. Étant tour à tour sa maman, elle l'avait bercée tendrement. Devenue sa coiffeuse attitrée, elle avait passé du temps à brosser et à natter ses cheveux comme maman le lui faisait. Puis prenant la voix autoritaire de Mme Malou son institutrice, elle s'était improvisée enseignante. Quand elle avait décrété que Cora était malade, elle avait volontiers endossé le rôle de l'infirmière dévouée à son chevet.

Oui, elle aimait jouer avec Cora, il n'y avait aucun doute à ce sujet. Mais, rien ne valait la joie de jouer avec Didi, sa Didi.

Sika soupire à nouveau. Que ne donnerait-elle pas pour voir Didi, sa chère Didi. Elle lève sa main et déploie ses doigts un à un, puis s'arrête au bout d'un moment en secouant la tête. Elle est incapable de le dire. Depuis combien de jours n'a-t-elle pas vu Didi ? Trop de jours, c'est certain. Et c'est comme si elle était à l'agonie.

Didi lui manque et elle étouffe dans sa chambre, elle étouffe à la maison. Elle n'a qu'une envie : être dans la rue, à l'air libre avec Didi. Il ne se passe pas un jour sans que Sika ne voie Didi. La famille de Didi et celle de Sika sont amies. Les deux familles habitent l'une en face de l'autre. Quand elle revient de l'école, Sika dépose son sac et attend impatiemment Didi.

Il suffit que Sika entende la voix de Didi et où qu'elle se trouve, quoi qu'elle fasse, elle l'abandonne et se rue dehors pour aller à la rencontre de son amie, ou du moins elle le fait quand elle le peut. Sika se rappelait quand maman lui tressait les cheveux et qu'elle entendait la voix de son amie ! Elle voulait se lever et courir la retrouver, mais elle savait qu'elle ne pouvait pas interrompre le travail de maman. Aller à la rencontre de Didi aurait été la parfaite échappatoire à ces séances de coiffure qui étaient des supplices. Alors s'ensuivait une partie de négociation serrée. Maman disait comprendre son impatience et pourtant elle ne se laissait pas détourner de son objectif. Elle devait finir de natter au plus vite ces cheveux, épais, crépus qui donnaient du fil à retordre à l'une et l'autre pour diverses raisons.

— Ah s'il ne tenait qu'à moi, je te ferais couper ces cheveux et tout ira mieux, grommelait parfois maman, exaspérée. Ces paroles suscitaient presque invariablement les protestations de Sika.

— Non, maman!

Il n'en était pas question ! Plutôt subir la douleur du cuir chevelu sensible, geindre à chaque fois que maman saisissait les mèches épaisses et les enroulait de fil noir en coton, verser des larmes chaudes que de se faire couper les cheveux. Sika n'avait aucunement envie d'avoir une tête ronde et dégarnie comme celles de ses camarades garçons à l'école ou dans le quartier, comme celle de Têvi par exemple. Tous les enfants du quartier connaissaient Têvi ! Tous savaient qu'il possédait un tempérament chaud et qu'il n'était pas bon de réveiller sa colère. Têvi ne se départait jamais des cailloux qu'il tenait à la main. Il venait sur le terrain de jeux comme on venait sur un champ de bataille. Sika, elle, savait que ce tempérament belliqueux était le fruit des railleries dont Têvi faisait l'objet. Les enfants se moquaient de son front rebondi, proéminant qui brillait comme une pierre lisse au soleil. Ils ne lui laissaient non plus aucun répit par rapport à la saillie osseuse dans sa nuque. Cette aspérité osseuse, Sika était convaincue que si Têvi n'avait pas la tête rasée, ses cheveux l'auraient recouverte. Les chevelures étaient précieuses. Sika avait beau pleurer quand maman la coiffait, rien ne valait le plaisir de se contempler une fois que maman avait terminé son chef-d'œuvre. Elle se sentait belle.

Au milieu du calvaire que lui faisaient vivre les tresses, la voix bien-aimée de Didi agissait comme un baume, un appel à l'espérance. La fin de la torture, du moins momentanément. Une parenthèse de bonheur, quoi. Hélas, maman était intransigeante.

« Si je te laisse partir maintenant, tu auras encore plus mal lorsque je toucherai à nouveau ta tête pour terminer tes nattes. »

Le temps ne semblait jamais aussi long lorsque Didi l'appelait, prête à jouer avec elle, mais que Sika ne pouvait la rejoindre sur le champ.

« Calme-toi, lui disait alors maman. Plus tu es calme, et tu me laisses finir tes tresses, plus rapidement tu pourras aller retrouver Didi. »

Sika ne jurait que par Didi et Didi ne jurait que par Sika. On aurait dit des jumelles. Peu importait que Sika n'eût que sept ans et Didi déjà douze. Sika se sentait pleinement elle-même avec Didi. Elle la respectait. Elle ne la traitait jamais comme une petite fille, une enfant, la petite fille qu'elle était. Didi n'hésitait pas à se confier à elle, à lui parler de ses amis ou de sa famille, des tensions qu'elle pouvait vivre à l'école parfois. Sika ne connaissait pas de meilleure personne qui savait l'écouter, l'encourager et la soutenir. Sika se sentait en sécurité avec Didi. Dans les parties de jeux avec les autres enfants où les querelles s'invitaient et se soldaient par des bagarres par moments, Didi prenait la défense de Sika. Tout le monde savait donc que Sika était la protégée de Didi.

Tout le monde y compris les adultes.

Didi protégeait Sika comme une lionne veillant sur ses lionceaux. Sika se souvenait de cet épisode cocasse avec tante Apolline ; tante Apolline la sœur aînée de papa.

Cette tante qui rendait maman nerveuse, qui certainement confondait la maison de Sika avec la sienne tellement elle s'y sentait à l'aise et n'hésitait pas à vouloir y jouer l'hôtesse de maison. Elle avait son opinion sur tout : papa était trop maigre, maman ne lui préparait-il pas assez à manger ? La sauce de maman n'avait pas assez de goût, il fallait la relever.

Sika n'aimait pas tante Apolline. Elle devinait que maman non plus même si jamais elle n'avait vu sa mère lui manquer de respect. Un jour cependant, Sika l'avait entendue parler à une de ses amies. Tante Apolline aurait insinué que maman serait trop coquette, qu'elle mettrait trop de pagnes Super Wax et tout ceci ne serait financé que par l'argent de papa. Ce que bien entendu tante Apolline désapprouvait. Maman était indignée ! Quant à papa, Sika ne le voyait pas souvent contredire tante Apolline ou la remettre à sa place. On aurait dit qu'il avait peur d'elle. Cela semblait étrange à Sika. Que papa avec sa voix forte, papa qui savait ramener Sika à l'ordre d'un seul regard, puisse craindre tante Apolline, une femme mince ou plutôt maigre, moins grande de taille que papa, laissait Sika perplexe.

Un jour pourtant, papa n'avait pas hésité à tenir tête à tante Apolline. Ce jour était gravé dans la mémoire de Sika. Tante Apolline était arrivée à la maison un après-midi. Papa n'était pas encore rentré. Sika était sur la terrasse et partageait un goûter avec maman et Didi. Maman avait invité tante Apolline à se joindre à elles. Pendant qu'elles mangeaient, Sika avait par inadvertance renversé de l'eau sur le sac à main en cuir de sa tante. Cette dernière, irritée, s'était mise à la réprimander. Sika avait senti les larmes lui monter aux yeux et s'était mise à pleurer. À la stupéfaction de Sika et de maman, Didi s'était interposée pour défendre son amie, rappelant que l'incident n'était qu'un accident. Outrée, tante Apolline avait qualifié son intervention d'impolitesse notoire et n'avait trouvé d'autre moyen de la remettre à sa place que par une claque bien sentie ! Cela avait été au tour de Didi de fondre en larmes. La maison s'était emplie des sanglots des deux fillettes, que maman s'était évertuée à consoler sous le regard réprobateur de tante Apolline. C'est ainsi que papa les avaient trouvées. Tante Apolline avait tenté de banaliser la situation tout en mettant un accent on ne peut plus prononcé sur son indignation. Papa l'avait certes assurée de sa compréhension, mais il lui avait fait comprendre qu'il ne cautionnait pas la manière dont elle avait traité Didi. Didi, avait-il indiqué, était comme sa fille et le geste de tante Apolline était tout simplement déplacé. Papa lui-même avait réconforté Didi et Sika et le lendemain, il avait emmené ses deux « filles » manger une glace. Cela était resté l'un des souvenirs forts de Sika. Papa qui était déjà son héros avait à jamais conquis son cœur.

Sika réfléchit à la manière de passer sa journée. Elle constate qu'elle ne ressent aucune excitation à l'idée de se retrouver, dans la cour de la maison, avec le magnifique foyer de cuisine que papa lui avait rapporté de l'atelier du père Kossi, le forgeron. Il en faisait de belles choses, le père Kossi ! Devant son atelier, il exposait les différents chefs-d'œuvre qui faisaient rêver les enfants du quartier : des foyers et batteries de cuisine, des vélos, des voitures, qui tous provenaient d'objets recyclés, notamment de la ferraille. Sika était fascinée de le voir transformer en de somptueux jouets des contenants métalliques d'huiles diverses semblables à ceux que maman utilisait à la cuisine.

C'était génial d'utiliser son foyer, prétendre mitonner des plats pour des invités ou pour maman. Sika prenait du plaisir à mélanger la terre rouge avec de l'eau. Elle y ajoutait volontiers des herbes qui poussaient à profusion dans la vaste cour de la maison familiale. Elle devait toutefois avouer qu'elle préférait de loin être aux fourneaux avec Didi. Didi pouvait déjà préparer des repas à partir de vrais ingrédients ; elle pouvait par ailleurs manier le feu de charbon sur lequel elle aidait à concocter les mets familiaux. Ce que Sika adorait, c'était quand maman consentait à lui offrir des restes d'ingrédients : un peu de gombo, un bout d'oignon, de la tomate. Elle trouvait également son bonheur lorsque Didi réussissait à lui filer un peu de farine de maïs ou des petits poissons séchés. Didi ramenait aussi parfois des braises de charbon ; les deux copines faisaient du feu et se confectionnaient des repas que Sika servait fièrement à leurs hôtes imaginaires ou à Cora.

C'était plaisant d'être avec Didi. Tout était plus lumineux avec elle. Mais voilà Didi n'était pas là aujourd'hui. En fait elle n'était pas là depuis bien de trop de jours au goût de Sika. Et elle lui manquait. Sika se sentait seule, fatiguée et en colère. Elle était fatiguée d'être à la maison. Elle était en colère de ne pouvoir courir dans la rue, les pieds nus foulant le sable chaud au grand mécontentement de papa qui avait toujours peur qu'elle ne se blesse. Elle soupirait après ces moments passés à l'air libre en compagnie de Didi. Les deux amies jouaient à la marelle. Elles grimpaient aux manguiers, en cueillaient les fruits et s'en délectaient, se racontaient des histoires, passaient du temps avec les amis du quartier, ou tout simplement profitaient de la compagnie l'une de l'autre.

La maison était comme une prison. Elle la retenait loin de Didi, loin du monde.

« Il faut que tu sois raisonnable. Tu dois rester à la maison. »

Les protestations, la frustration et la colère de Sika n'y avaient rien fait. Maman s'était montrée encore plus intraitable que lorsqu'il était question d'accorder une trêve à Sika quand elle lui coiffait les cheveux.

« Tu dois le faire pour nous, pour tes amis, pour Didi. ».

Sika regrettait d'avoir parlé à maman de sa camarade Abuya qui était arrivée en classe couverte de boutons. Mme Malou, la maîtresse, l'avait renvoyée à la maison. Maman avait décidé de garder Sika à la maison depuis lors.

Sika jette un regard vindicatif à sa peau comme si elle pouvait ainsi lui faire payer tout ce dont elle l'avait privée. Elle passe la main sur son corps et rencontre la surface rugueuse qui la recouvre çà et là. Les éruptions cutanées avaient presque disparu ; elles ne la démangeaient plus vraiment. Les mauvais jours semblaient derrière elle. Maman lui avait d'ailleurs dit ce matin qu'elle pourrait reprendre l'école sous peu. Ce ne serait pas trop tôt ! Elle n'aurait plus à avaler ces comprimés d'Aspro ou de Doliprane dégueulasses qui devaient faire baisser la fièvre ou alors ces concoctions au goût non moins infect que maman lui avait fait prendre contre son gré. Il avait d'ailleurs fallu que papa intervienne avant que Sika n'avale les mixtures de maman censées aider à soulager les picotements qui l'avaient assaillie. Ces maudits boutons l'avaient bien malmenée, il fallait le dire. Sa peau, toute vêtue de croûtes, était brillante. Sika n'avait pas pu se faire aux bains à base de feuilles de papayer qu'elle avait dû prendre pour favoriser une accalmie face à sa peau qui n'arrêtait pas de l'agresser. Elle avait dû appeler à la rescousse la brigade spéciale de ses ongles pour aller à l'assaut de cette enveloppe indocile. Maman avait beau la mettre en garde, elle lui avait même taillé les ongles et pourtant elle n'était pas parvenue à empêcher Sika de se gratter presque au sang. Sika n'avait pas non plus réussi à tolérer la cendre dont maman l'avait recouverte dans l'espoir de venir à bout de ces boutons têtus. Sika avait cependant consenti à régulièrement appliquer le beurre de karité que maman lui avait laissé et qui devait, disait-elle, apaiser ses démangeaisons.

Retourner à l'école signifierait qu'elle ne serait plus seule. C'était nul d'être seule. Sika se sentait seule. Non seulement elle ne voyait pas Didi, mais elle ne voyait pas grand monde depuis des jours, même pas sa propre famille, du moins pas comme elle l'aurait souhaité. Et ça, ça lui faisait mal. Fatou la femme de ménage était gentille comme personne et prenait bien soin d'elle. Papa aussi était venu la voir à sa grande joie, mais c'était maman qu'elle voulait, Sika. Oh maman était passée, elle lui avait apporté à manger, lui avait fait la conversation mais Sika avait l'impression qu'elle était passée en coup de vent.

Elle ne s'attardait pas, maman. Elle restait souvent sur le pas de la porte de la chambre. Sa voix demeurait douce. Sika pouvait sentir son inquiétude, sa compassion, et même sa tendresse et pourtant elle ne pouvait s'empêcher de se sentir rejetée, mal aimée. Maman prenait des précautions. Elle avait pris le temps d'expliquer à Sika pourquoi elle devait être prudente et papa aussi lui avait parlé à ce sujet. Rien n'y avait aidé. Sika se sentait exclue.

Elle n'était pas importante. Ou du moins, elle ne l'était plus. Rita l'était. Rita était le centre de la vie de maman et de papa. Maman devait se tenir loin de Sika pour le bien de Rita. « Elle est encore toute petite, tu comprends Sika ? Il faut que je protège ta sœur. » Protéger Rita contre Sika ? Était-ce un duel ? Était-elle la méchante, celle qui apportait le danger dans la famille et qui pouvait mettre la vie de sa sœur et de toute la famille en péril ?

Sika avait été si contente quand maman lui avait dit qu'elle allait avoir une petite sœur. Grande sœur, elle serait une grande sœur ! Elle ne serait plus la seule enfant de la famille tout comme Didi ne l'était pas. Voilà une chose de plus qui la lierait à son amie. Didi était la benjamine d'une famille de cinq enfants. C'était toujours animé chez Didi. Il y avait des discussions, la préparation des repas en famille dans la bonne humeur. On ne s'ennuyait pas chez Didi. Ses trois grandes sœurs et son frère aîné accordaient volontiers de leur temps à leur petite dernière et tous avaient également pris Sika en affection. Sika s'était dit qu'elle s'ennuierait moins quand elle quitterait Didi et se retrouverait chez elle. Elle aurait quelqu'un dont elle prendrait soin comme Didi prenait soin d'elle. Sika s'était imaginé comment elle allait jouer avec sa sœur. Elle s'était résolue à partager Cora avec elle, à l'inclure dans ses jeux de rôle et même à l'intégrer dans son cercle fermé avec Didi ! Sa petite sœur serait le début d'une grande famille que maman et papa bâtiraient avec l'aide de Sika.

Les rêves de Sika s'étaient bien vite effondrés. Maman la laissait à peine prendre Rita. Rita se laissait à peine prendre. Rita était un peu comme le lait que maman surveillait sur le feu. Maman avait constamment l'œil sur Rita ou les bras autour d'elle. Elle était souvent posée, sa tête contre l'épaule de maman, quand elle n'était pas scotchée à son dos, solidement attachée dans un pagne Kente.

Tout tournait autour de Rita. Les conversations, les activités, la vie tout simplement. Quand maman ne tenait pas Rita éveillée dans les bras, tentant de la calmer en la berçant, elle dormait avec Rita quand celle-ci réussissait à fermer les yeux. C'est qu'elle pleurait, bébé Rita. Sika avait l'impression qu'elle ouvrait seulement la bouche pour manger ou brailler. Et elle savait brailler. Elle n'aimait pas quitter la chaleur des bras de maman. Dès qu'elle se retrouvait dans le lit sans maman, elle entonnait son chant qui perçait les tympans et voilà maman qui accourait. Rita ne tolérait d'autres bras que ceux de maman. Même papa ne trouvait pas grâce à ses yeux. Bien entendu, il n'en était pas autrement pour Sika. Maman voyait bien la peine dans les yeux de son ainée. Elle lui murmurait : « Ne t'en fais pas, elle sera un peu plus douce avec le temps et tu jouiras de sa compagnie. »

Sika n'était plus sûre qu'elle voulait jouir de la compagnie de cette petite sœur un peu trop bruyante à son goût. Maman clamait à qui voulait l'entendre que Rita était non seulement irritable à cause des coliques qui lui rendaient la vie difficile, mais également à cause de sa santé fragile. C'est vrai que maman et Rita avaient déjà passé quelques séjours à l'hôpital, et pourtant Sika n'avait aucune sympathie pour sa petite sœur. En fait, elle avait l'impression que Rita manipulait maman. Sika était certaine que la petite avait déjà compris que maman ne savait pas résister à ses cris et elle en abusait.

Sika devait néanmoins admettre qu'il y avait eu une seule fois où elle avait été admirative des cris de sa sœur. La fois où ces cris s'étaient avérés une arme redoutable face à la toute puissante tante Apolline. Cette dernière avait eu vent du caractère trempé de Rita. Elle avait cependant cru qu'elle serait celle qui changerait les choses, celle qui dompterait cette petite fille gâtée que maman n'arrivait pas à maîtriser. N'avait-elle pas déjà quatre enfants à son actif, qu'elle avait bien éduqués et qui aujourd'hui étaient des jeunes filles et des jeunes hommes respectueux et respectables ?

Elle savait de quoi elle parlait ; elle savait s'y prendre, elle. Aucun enfant ne pouvait résister à un adulte, surtout pas à elle Apolline. Elle savait tout diriger d'une main de fer et à son commandement tous filaient droit. Se laisser mener par le bout du nez par un enfant était tout simplement inconcevable. Le bébé qui allait la faire plier elle, Apolline Adjoavi, n'était pas encore né. C'est ce qu'elle aurait dit à papa.

Aussi le jour où elle était venue rendre visite à la famille, quelques semaines après la naissance de Rita, Sika était tout excitée et curieuse de voir comment tante Apolline allait clouer le bec à ce bébé qui tyrannisait déjà les tympans de Sika. Ce bébé qui avait de surcroît tenu à distance papa, Sika et même tante Betty la petite sœur de maman, sage-femme reconnue pour son savoir-faire avec les tout petits.

La mécanique bien huilée de Rita s'était tout de suite enclenchée lorsque tante Apolline s'était approchée d'elle. Elle reposait dans les bras de maman. Dès que tante Apolline avait tendu les bras vers elle, bébé Rita s'était mise à hurler. C'étaient des sons assourdissants qui souvent déstabilisaient ou prenaient de court. Tante Apolline avait reculé, surprise. Elle avait retiré les mains comme si le feu l'avait brûlée. Très vite cependant, elle s'était approchée à nouveau et avait soulevé Rita avec autorité.

Rita avait continué à crier. Tante Apolline l'avait bercée, lui avait parlé tantôt d'une voix douce, tantôt d'une voix ferme. Elle lui avait chanté des comptines, elle l'avait grondée ou l'avait menacée, c'est selon. La voix du bébé n'avait point flanché. Le manège avait duré deux à trois minutes sous le regard torturé de maman qui n'avait dit mot.

Tante Apolline avait fini par remettre Rita à maman d'un air dégoûté en ajoutant d'un ton dédaigneux : « Un enfant qui ne laisse pas sa mère dormir ne dormira pas non plus. »

Elle avait rejoint papa sur la terrasse, laissant une Sika béate d'admiration devant sa sœur. C'est ainsi que ce petit bout de femme qui avait croisé le fer avec le général Apolline et l'avait fait capituler, avait grimpé dans l'estime de sa grande sœur ce jour-là.

Cette admiration n'avait hélas pas duré. Une autre manœuvre de bébé Rita avait été rapidement évidente pour Sika : elle avait accaparé maman. Sika voyait à peine maman; elle se trouvait reléguée aux bons soins de Fatou et parfois de papa quand il le pouvait. Maman n'était plus disponible pour l'écouter lui raconter sa journée ou ses jeux avec Didi. Si elle n'était pas occupée à prendre soin de Rita, elle dormait tout simplement avec elle. Elle n'avait même plus le temps de coiffer Sika. Non pas que Sika aimât se faire coiffer, mais c'était important pour elle qu'elle le soit. Maman n'avait trouvé d'autre solution que de l'envoyer se faire tresser auprès de Da Lolo. Cette dernière qui habitait dans le quartier, cumulait des fonctions de revendeuse de fruits et de coiffeuse. Elle avait son étal de fruits et son salon de coiffure à ciel ouvert au bord de la grande avenue de la paix. Sika redoutait Da Lolo. Ce n'était pas parce qu'elle faisait trois fois ou quatre fois maman et papa réunis et que Sika avait l'impression qu'elle allait l'engloutir, c'était plutôt parce qu'elle avait des mains nerveuses. Et quand celles-ci s'attaquaient au cuir chevelu hypersensible de Sika, le résultat était catastrophique. Elle revenait de chez Da Lolo la tête en feu, les yeux rougis. Toute cette souffrance à cause de Rita ! Et maintenant il fallait qu'elle prive Sika du contact physique avec maman sous prétexte qu'elle pouvait contaminer maman et rendre Rita malade. Trop c'était trop ! C'était officiel, Sika détestait sa petite sœur !

Il n'y avait décidément rien d'intéressant à faire aujourd'hui. Il n'y avait non plus rien d'intéressant à se mettre sous la dent. Elle aurait tant aimé avoir une friandise ! Sika aimait quand papa lui en rapportait : bonbons, toffees, nougats. Il prenait des bonbons à l'ananas, à la goyave, à la menthe, au caramel. Il y ajoutait aussi ces bonbons qui se transformaient en chewing-gum. Sika aimait bien les chewing-gums comme ceux de la marque Malabar ou Hollywood. Elle aimait particulièrement ces bulles géantes qu'on pouvait créer, bulles qu'elle générait à la perfection et qui forçaient l'admiration de Didi.

Sika aimait volontiers accompagner maman au marché. Elle ne ratait pas l'occasion de l'implorer de lui acheter des gâteries. Il y en avait toute une panoplie au marché. Entre celles qui étaient emballées dans de beaux papiers de diverses couleurs, soigneusement empaquetées dans des boutiques de grossistes, celles disposées sur des tables des revendeuses et qu'on pouvait acheter à l'unité et celles que les bonnes dames fabriquaient à base de sucre et de colorants, ou de lait concentré et de noix de coco, le choix était vaste. Le quartier de Sika n'était pas en reste. La petite boutique de dame Abra dans la rue de Sika connaissait toujours un succès inégalé. Dès qu'ils avaient une pièce, les gamins y accouraient pour se sucrer le bec. Il y en avait comme Sika qui n'hésitaient pas à faire des économies sur l'argent qu'ils recevaient au quotidien pour s'acheter à manger à l'école ; ils venaient alors se trouver leur bonheur chez dame Abra. Maman ne voyait pas du tout cet amour des bonbons d'un bon œil. Le dentiste avait repéré quelques caries chez Sika. Pour la fillette, l'affaire était sous contrôle. Elle était soignée, elle brossait ses dents et donc elle pouvait continuer à se régaler de ses bonbons. La vie ne s'arrêtait pas aux caries. Malheureusement maman ne voyait pas les choses ainsi. Elle ne voulait plus lui en acheter au marché et elle gourmandait papa quand il lui en ramenait. Les occasions pour savourer les friandises se faisaient rares et la maladie et le confinement de ces derniers jours n'avaient pas arrangé les choses.

L'envie de manger une friandise est forte aujourd'hui, elle est même irrépressible. Sika se lève de son lit. Elle est décidée à s'évader de la maison. Maman est enfermée dans sa chambre avec Rita, essayant de récupérer après une autre nuit difficile où bébé Rita a encore fait des siennes. Fatou doit probablement être à la cuisine, installée sur un tabouret dans un coin de la pièce en train de somnoler. Papa est encore au travail. La maison est calme. Personne ne remarquera son absence. Elle ne manquera à personne à la maison.

Sika quitte sa chambre et pénètre dans le salon qui donne sur la cour. Elle traverse la cour de la maison en flèche. Arrivée près du portail, elle jette un regard rapide en arrière, un peu anxieuse. Soulagée de ne voir personne apparaître, elle tourne doucement le poignet du portail et met pied dehors. Lorsqu'elle referme le portail derrière elle, elle attend un moment, puis elle expire, relâchant ses muscles tendus. Elle chasse les sentiments de culpabilité qui montent en elle en même temps que les battements de son cœur reviennent à la normale. Elle reviendra bien vite avant que maman ne se rende compte de son absence. Ou peut-être ne la remarquera-t-elle pas. Elle est d'ailleurs bien trop occupée, maman.

Sika accueille avec bonheur la chaleur du soleil sur sa peau tandis que ses yeux fixent la maison qui fait face à la sienne. Son portail est entrouvert mais il n'y a personne devant la maison. Didi n'est pas encore rentrée. Sika parcourt la rue du regard : il n'y avait pas grand monde dehors à cette heure-ci. La rue est tranquille. Sika sourit à l'idée qu'elle ne le sera pas longtemps. La rue reprendra vie bientôt. Enfants et adultes l'occuperont sous peu. Les écoliers reviendront de l'école, se mettront à jouer et empliront la rue de leurs cris et de leurs rires. Certains parents qui travaillent à l'extérieur de la maison ou du quartier rentreront chez eux. On entendra le bruit de voix d'adultes qui se déplacent à pied, à moto, en Vespa, ou en voiture, saluer ceux qui seront assis devant leur maison. Les entrepreneurs du quartier seront également de la partie. La revendeuse d'ignames et de bananes plantains frits ou celle de bouillie de tapioca et de beignets, installeront bientôt leurs éventaires, drainant une foule de petits et grands venant chercher goûter ou dîner.

Dame Abra, comme à l'accoutumée, aura ses inconditionnels, son fan-club, ceux qui n'auront pas hésité à se priver de nourriture à l'école un ou plusieurs jours dans le but d'amasser quelques pièces pour s'offrir leurs friandises favorites.

Le cœur de Sika se serre à l'idée qu'elle ne sera pas de ceux-là. Bloquée à la maison, elle n'a pas pu économiser de l'argent. Et comme maman rationne sa consommation de bonbons, Sika a l'impression qu'il y a une éternité qu'elle n'a pas gâté son palais avec ses sucreries préférées.

Qu'à cela ne tienne ! Elle ne peut pas manger de bonbons, mais elle pourrait au moins les contempler, s'enivrer de leur odeur.

Et qui sait, peut-être que dame Abra dans un élan de générosité pourrait lui en offrir un ?

Didi n'est pas encore là ; au lieu de rester plantée devant la maison à guetter sa venue, autant aller faire un petit tour, histoire de tuer le temps. Sika se dirige donc d'un pas résolu vers la boutique de dame Abra.

Tandis qu'elle marche, Sika remarque une silhouette debout à l'intersection de sa rue et d'une autre rue, celle où habite Têvi. Sika emprunte parfois cette rue avec maman. C'est elle qui donne sur la rue principale où passent les taxis que maman et Sika prennent pour aller faire des courses au marché ou pour rendre visite à des membres de la famille quand papa ne les y conduit pas à bord de la Toyota familiale. La silhouette est vêtue d'une chemise à manches longues et d'un pantalon tous deux de couleur prune. Elle tient quelque chose dans une de ses mains qu'elle plonge et sort de sa bouche à intervalle régulier. Dans l'autre main, elle a un assortiment d'objets de couleurs et formes diverses, on dirait un bouquet de fleurs. Elle le tient bien en évidence un peu comme si elle voulait l'exhiber.

Les yeux de Sika sont attirés par le bouquet d'objets tout en couleur et au fur et à mesure qu'elle se rapproche de la silhouette, elle peut mieux distinguer les composantes du bouquet.

Des bonbons ! La silhouette tient un bouquet de bonbons ! Pendant que Sika assimile cette information dans un état de choc, l'eau lui monte à la bouche et son regard se met à briller. Sika identifie la silhouette comme un homme mince aux cheveux coupés courts. Elle peut voir clairement qu'il a ces bonbons à tige blanche surmontés d'une boule qu'on peut sucer jusqu'à ce qu'ils fondent. C'est donc ce qu'il avait à la bouche lorsqu'elle l'avait aperçu de loin. Il a en outre dans sa main, des bonbons à colorant : orange, jaune, vert, rouge, etc. Ces bonbons viennent en triangle, carré ou toute autre forme que l'imagination des revendeuses locales leur donne.

Les yeux de Sika ne quittent pas le bouquet de bonbons des yeux.

— Bonjour.

La voix de l'homme la tire momentanément de l'état second dans lequel elle est tombée. La voix, douce, est accompagnée d'un large sourire. Sika répond machinalement au salut, et toute à sa fascination, ne trouve pas étrange qu'un adulte la salue alors que c'est souvent à l'enfant d'initier la salutation.

— Sers-toi.

Sika voit le bouquet de bonbons sous son nez. Elle reste pétrifiée un moment. La voix retentit à nouveau, l'enjoignant à se servir. Les yeux rivés sur les bonbons, Sika n'entend que la voix qu'elle perçoit comme invitante, chaleureuse. Elle ne la décèle pas comme étant un peu trop chaleureuse, pressante. Elle ne remarque pas non plus les regards furtifs que le monsieur jette à la ronde lorsqu'il s'adresse à elle comme s'il guettait quelque chose ou surveillait ses arrières.

La fillette se décide à avancer sa main. Elle l'avance timidement d'abord puis de manière abrupte, extirpe d'un geste rapide et précis un des bonbons à suçon comme la langue d'un varan qui attrape au vol un insecte, puis elle l'escamote.

L'emballage du bonbon semble lui brûler la paume de la main. Elle détient l'objet de ses désirs. Ce fruit défendu qu'elle a pu enfin se procurer. Elle le tient au creux de ses mains comme un précieux trésor qu'elle défendrait. Caché dans son dos, elle a l'impression qu'il serait à l'abri, elle le protègerait du monde entier. Dans le bunker qu'elle a bâti pour le bonbon et pour elle-même, rien ne peut y pénétrer, certainement pas la voix de maman qui l'a prévenue contre les inconnus. Maman qui l'a mise en garde contre ces hommes qui réservent un sort horrible aux enfants ; ces hommes qui n'hésitent pas à transformer les mômes en un tas de billets de banque.

— Tu ne le manges pas ?

Sika ne répond pas.

— Tu sais, j'ai une petite fille. Elle adore les bonbons comme toi. Si tu veux me suivre, je te la présenterai et vous pourriez manger des bonbons ensemble. J'en ai plein d'autres à la maison.

Le cerveau de Sika retient *« plein de bonbons »*. L'idée qu'il n'y aurait plus de manque, de restrictions lui plait. Ce monsieur s'est montré généreux à son égard. C'est ainsi qu'elle a espéré que dame Abra se comporterait. Le monsieur se révèle mieux que ce qu'elle a imaginé. Elle en aurait plus à manger et elle pourrait même rencontrer une nouvelle amie. Cela ne devrait pas prendre trop de temps, elle espère. Elle estime qu'elle sera rentrée à temps pour voir Didi et jouer avec elle. Elle lui racontera d'ailleurs son aventure d'aujourd'hui.

Comme s'il avait lu dans ses pensées, le monsieur ajoute en pointant le doigt vers la rue de Têvi :

— J'habite juste au bout de la rue.

D'un geste de la main, l'homme invite Sika à le précéder. La fillette effectue un premier pas, ensuite un autre. Au moment où elle va disparaître du champ de vision de sa rue, elle entend :

— « Sika ! »

La voix pénètre dans le cocon dans lequel elle est enfermée, se fraye un chemin dans le bunker où elle s'est retranchée, la secoue de sa torpeur. Ses sens endormis commencent à reprendre vie.

— « Didi ! »

Une allégresse soudaine fait irruption en elle et la saisit tout entière. Son visage s'illumine. Sika pivote sur elle-même, s'élance vers sa rue les bras grands ouverts abandonnant par terre derrière elle le bonbon qu'elle pensait défendre envers et contre tout.

Et le rideau se lève

Djemila marchait, les pas rythmés par les tambours, les chants et les cris de la foule. De temps en temps, le mégaphone sifflait des mots que la cohue reprenait en chœur. La chaleur écrasante n'était pas arrivée à ralentir cette marée humaine déterminée. Tous avançaient d'une démarche égale tel un seul homme. Dans la ferveur collective, des clameurs, du bruit montaient de partout. On se bousculait, on se touchait du coude, mais inexorablement la foule progressait. Elle ne fléchissait pas devant ceux qui se dirigeaient vers elle, en brandissant leurs boucliers de protection comme un rempart.

Ces derniers, tout de noir vêtus, têtes enfermées sous des casques, matraques en main, repoussaient la multitude. Perdue dans la mêlée, Djemila faisait corps avec elle ; la jeune fille reculait un moment puis avançait à nouveau.

« Djemila ! » Djemila sursauta brusquement et manqua de faire tomber le poste radio qui était collé à ses oreilles. Son père était une fois de plus entré dans sa chambre sans frapper. Djemila posa la radio sur la table de chevet et se releva lentement du rebord de son lit pour lui faire face. Mince et élancée, la jeune fille se tenait au niveau de son père. Son visage était fermé et son port de tête raide. Une veine battait frénétiquement dans son cou et ses narines se dilataient comme si un souffleur de verre y envoyait de l'air.

— Bonjour Pa.

Le ton était calme, poli. Son père ne répondit pas à son salut.

— Qu'est-ce que tu faisais ?

— J'écoutais les nouvelles.

— Les nouvelles, ah oui ?

Son père passa près d'elle, s'approcha de sa table de chevet et augmenta le son que Djemila avait baissé. La voix du reporter s'élevait avec passion … *le bras de fer entre les manifestants et les forces de l'ordre continue. Les forces de l'ordre repoussent les manifestants, mais ces derniers continuent de leur tenir tête. Le cortège est toujours à la place Saint-Antoine de Padoue…*

— Tu continues à t'abrutir de ces balivernes ?

Djemila sursauta comme si elle avait reçu une décharge électrique. Elle contra le tremblement qui la saisit en formant les poings qu'elle serra aussi fortement qu'elle put.

— Je m'informe.

Le père de Djemila émit un sifflement de mépris.

— Ce ne sont pas des informations. C'est un appel à la sédition ! cracha-t-il en agitant son index gauche.

Djemila pouvait sentir à présent la colère dans sa voix. Ces gens remplissent votre tête de n'importe quoi ! Tu ferais mieux de t'occuper à des choses plus sérieuses. Ta mère s'attend à ce que le repas soit prêt avant qu'elle revienne.

Djemila se laissa tomber sur le lit. Son père venait de quitter sa chambre. Son corps vibrait de tremblements qu'elle ne pouvait pas contrôler. Toute la colère qu'elle avait tenté de maîtriser lorsqu'il avait fait irruption dans sa chambre ressortait à présent. Elle avait appris qu'il n'était pas bon de laisser libre cours à ses émotions en sa présence.

Djemila balaya sa chambre du regard. Ses yeux passèrent sur les nombreux posters qui tapissaient les murs de la chambre dont ceux de Thomas Isidore Noël Sankara, Martin Luther King, Che Guevara. Ils effleurèrent sa collection de CD ainsi que les piles de magazines et de livres sur les sciences politiques, le dessin industriel, les mathématiques, les biographies. Djemila regarda le plafond et regretta une fois encore qu'un sac de frappe n'y fût pas accroché. Cela l'aurait bien aidée dans son état actuel. Elle savait qu'elle ne pouvait pas non plus hurler pour évacuer sa frustration. Elle lança son oreiller contre la porte, le ramassa, le rejeta sur le lit et se mit à lui donner des coups de poing.

— Djem, on peut y aller ?

Deux paires d'yeux implorants se tournèrent vers elle.

— J'ai découpé tous les légumes comme tu me l'as demandé et Gaby a mis la table.

Djemila essuya les mains avec un torchon et s'adressa à Gaby :

— C'est vrai ça, Gaby ?

Ce dernier hocha la tête en montrant sa main droite dont le pouce et l'index formaient un rond tandis que le majeur, l'annulaire et l'auriculaire étaient levés.

— C'est parfait, merci Gaby et Yuri.

Djemila ajusta l'appareil auditif de Gaby et ajouta :

— Vous pouvez aller jouer maintenant, mais…

— Oui, je sais, la coupa Yuri. On ne fera pas de désordre dans ta chambre, c'est promis !

Djemila suivit du regard ses frères s'élancer vers sa chambre et se retourna pour remuer les fruits de mer qu'elle faisait revenir dans du beurre. Tout était prêt pour la soupe de manioc et de bananes plantains aux fruits de mer, la préférée de sa mère. Le *salpicón* que Yuri et Gaby l'avait aidée à préparer était au frais dans le réfrigérateur. Sa mère ne devait pas tarder à arriver et ils allaient pouvoir se mettre à table. Son père était sorti et ne mangerait pas avec eux. Non pas que cela gênât Djemila. Elle n'aimait pas les repas en famille quand il était autour de la table. Il se laissait servir comme un pacha par Djemila et sa mère. Il ne pouvait pas lever le petit doigt pour prendre quoi que ce soit. Djemila n'avait rien contre le fait de servir son père, c'était la conception qui sous-tendait son attitude qu'elle ne pouvait souffrir. Il y avait des choses qu'il avait résolument reléguées à la gent

58

féminine. Il ne mettait jamais les pieds à la cuisine et il en avait interdit l'accès à ses fils, Yuri et Gaby. Indignée, Djemila s'était insurgée contre la décision. « C'est absurde Ma ! Je ne veux pas commencer par parler du sexisme de cette décision. Yuri et Gaby ont besoin d'apprendre à cuisiner pour eux-mêmes. Avant de se marier, ils doivent savoir comment préparer des repas et manger sain pour ne pas être à la merci de ce qu'on leur sert dans la rue ou au resto ou même à la merci de leurs épouses. C'est une question de santé et d'autonomie ! » Djemila avait donc convaincu sa mère de faire entrer ses frères à la cuisine quand leur père n'était pas là. Yuri avait voulu se rebeller, menaçant de vendre la mèche à son père, bien que Djemila lui ait vanté, ainsi qu'au petit Gaby, les avantages de la cuisine. Djemila lui avait simplement répondu : « C'est à toi de voir Yuri. Si tu penses que parler à Pa t'apportera plus que ce que la cuisine pourrait faire pour toi, comme je te l'ai expliqué, alors oui vas-y, fais ce que tu as à faire. ».

Yuri avait boudé quelques jours puis était revenu vers sa sœur et sa mère. Pour célébrer la décision de son frère, Djemila lui avait offert ainsi qu'à Gaby le privilège de tester les nombreux gadgets et jouets qu'elle fabriquait à ses heures perdues. Yuri et Gaby avaient commencé par regarder leur sœur et leur mère cuisiner, puis depuis maintenant un an, ils mettaient la main à la pâte.

— Ce repas est un vrai régal ! Merci.

Le regard d'Imelda passa de ses garçons à sa fille. Yuri et Gaby affichèrent un sourire ravi à la suite du compliment. Ils déclinèrent l'offre de leur mère de prendre de la tisane, mais la fixèrent, une prière muette sur le visage. Imelda exauça leur prière avec un sourire amusé.

— C'est bon, vous pouvez sortir de table une fois que vous l'aurez débarrassée. Ce sera l'heure de se coucher bientôt.

Les garçons secouèrent vigoureusement la tête ; Yuri protesta :

— Ma, nous sommes en congé !

Imelda accepta de leur laisser un peu de temps devant le petit écran dans la salle de séjour. Elle rejoignit, avec sa fille, la pièce attenante à la cuisine qui servait de salon privé.

— Qu'est-ce qui ne va pas, Mila ?

Djemila ne tenta pas de contredire sa mère. Elle avait arrêté de faire cela depuis qu'elle avait vu à l'œuvre ses yeux perspicaces et son don de discernement. Face à son silence, sa mère reprit :

— Laisse-moi deviner. Tu as eu une altercation avec ton père.

À l'évocation de son père, la colère que Djemila pensait avoir maîtrisée s'enflamma. Elle se mit à bouillir comme la soupe qu'elle avait apprêtée quelques instants plus tôt.

— Pa est constamment sur mon dos ! Il ne pige rien à ce qui se passe !

Djemila raconta l'incident à sa mère.

— Comment suivre le cours de l'Histoire peut-il être des balivernes ? Explique-moi un peu, Ma. Ce que vivent nos voisins du pays de N. est inouï ! Ils réécrivent leur histoire et ça nous donne de l'espoir ici, chez nous au pays de M. Djemila secoua la tête. Non, j'comprends pas. Comment Pa peut-il vouloir que je reste en marge de cela ?

Imelda regarda sa fille, sa voix s'éleva douce, posée :

— Mila, nous en avons déjà parlé. Tu sais ce qui arrive aux gens dans ce pays…

Djemila ne lui laissa pas le temps de terminer sa phrase :

— C'est pour ça qu'on se bat justement, Ma. Faut que ça change !

Djemila hâta le pas une fois qu'elle referma le portail de sa maison. Le soleil de l'après-midi lui réchauffa la peau. Quelques arbres bordaient le chemin. La jeune fille aperçut au loin, sous un de ces arbres, deux hommes en treillis, assis, armes au poing. Son visage se durcit. Elle savait que lorsqu'elle aurait parcouru le kilomètre et demi de sa rue et tourné dans la rue où résidait sa cousine Salomé, elle trouverait une scène similaire. Il en était ainsi des quartiers et du pays de M. dans son ensemble. Le territoire était quadrillé. Le pays de M. aimait se présenter comme un endroit sécuritaire. Djemila le voyait comme ce qu'il était, une nation en état de siège. Les hommes en treillis poussaient comme des champignons au pays de M. Il fallait avouer que le sol était fertile. Dans ce pays à peine plus grand que la paume de la main, on pouvait trouver des équipements militaires dernier cri. Et les hommes en treillis ne se privaient pas pour les afficher fièrement. Quand ils ne montaient pas la garde dans tous les coins et recoins du pays, ou ne faisaient pas des contrôles dans les rues, ayant longtemps relégué la police aux oubliettes, ils trouvaient des prétextes pour organiser des parades militaires. Et leur artillerie lourde, leurs multiples gadgets brillaient de mille feux tout comme les yeux de ces grands enfants qui les maniaient, certainement émerveillés de la bonté inépuisable du père Noël à leur égard. En parfaits enfants, ces militaires étaient peu soucieux de ce que le père Noël pouvait laisser aux autres enfants à partir de sa hotte, qui l'avait-on appris au pays de M., n'était pas inépuisable. L'État qui possédait le plus de kalachnikov par habitant, se targuait de tenir le crime et la délinquance sous contrôle. Ce n'était pas, hélas, la seule chose qu'il contrôlait. Ainsi allait la vie dans cet « état parano », comme l'appelait Salomé.

— Hey !

Salomé ouvrit grand ses bras à sa cousine qui s'y jeta et elle lui fit deux bises sonores. Djemila suivit Salomé dans sa chambre. Fille unique, Salomé disposait d'une chambre et d'un salon dans un logement indépendant attenant au bâtiment principal, quartier des parents. Salomé se laissa tomber sur son lit, sa cousine à ses côtés.

— Je suis contente de te voir, Djem !

— Moi aussi. Tu sais qu'ici c'est un peu comme mon havre de paix. Je m'y sens libre…

Salomé se redressa pour faire face à sa cousine ; elle scruta son visage.

— Une autre scène avec oncle Mika ?

Djemila émit un grognement exaspéré :

— Je compte les jours pour ficher le camp de la maison ! Mon bac en poche cette année et ça y est, ciao ! Figure-toi qu'il est entré hier dans ma chambre sans frapper ! J'étais en train de suivre à la radio ce qui se passait au pays de N. et lui tout ce qu'il trouve à faire c'est de me lancer son mépris en plein visage !

Djemila tordit sa bouche en un rictus grotesque et imita la voix de son père : « C'est un appel à la sédition… Ces gens remplissent votre tête de n'importe quoi ! »

— Non mais franchement ! J'peux comprendre qu'il ne veuille pas s'engager, …non, en fait non…, j'peux pas comprendre ça malgré tout ce que Ma essaie de m'expliquer. J'peux pas voir tout ce chaos, tout ce qui se passe dans notre pays et croiser les bras. Pa peut choisir de ne pas participer au vent de changement qui souffle au pays de N. et dans le nôtre, mais il m'insupporte qu'il méprise cela et qu'il me mette sans cesse les bâtons dans les roues ! Je…

Deux coups discrets résonnèrent contre la porte, arrêtant Djemila dans son élan. Elle tourna son regard vers la porte alors que Salomé disait : Entre.

Une dame d'âge mûr pénétra dans la chambre, un plateau dans les mains.

— Merci, Abigail. Tu peux le déposer ici, indiqua Salomé en lui désignant le lit.

Djemila coula un regard réprobateur à Salomé lorsqu'Abigail quitta la chambre. Salomé sourit et leva sa main en un signe d'apaisement:

— Je sais, je sais. En temps normal je n'aurais pas demandé à Abigail de nous servir, mais ce matin je suis partie tôt à la boutique avec maman et tu sais comment elle est…je suis crevée.

Un sourire tendre adoucit les traits de Djemila.

— Comment va tante Ayana ?

— Toujours égale à elle-même : une main de fer dans un gant de velours !

Les cousines éclatèrent de rire à l'unisson, leur mémoire remontant le temps et passant en revue quelques souvenirs cocasses avec la mère de Salomé. Djemila regarda sa montre.

— Il me tarde que la bande arrive.

La bande, c'étaient «les compagnons d'arme» des cousines : Lina, Nia et Énam. Ils avaient quasiment grandi ensemble à l'exception de Nia qui avait rejoint le groupe deux ans plus tôt. C'était Salomé qui la leur avait présentée. Les amis d'enfance avaient été sur leurs gardes ; Djemila en particulier, s'était montrée méfiante. Qui était cette fille ? Que savait-on d'elle ? Pouvait-on lui faire confiance ? Ils avaient mené leur propre enquête, ils n'avaient pas hésité à la filer. Son père travaillait dans l'import-export et faisait affaire avec le père de Salomé. La famille était « clean » et n'avait rien à voir avec le régime en place. Nia était tout feu tout flamme pour la cause. Elle ne ménageait pas son temps, son énergie. Djemila avait fini par se prendre d'affection pour elle.

— Ils ne devraient pas tarder.

— J'ai hâte de savoir ce qui a été discuté à la dernière réunion à laquelle je n'ai pas pu assister; merci Pa ! Et comme si ce n'était pas assez, là maintenant les congés scolaires coïncident avec ses vacances. Deux semaines, coincée avec lui ! Je suis fatiguée de recourir à mille et une astuces pour sortir de la maison et tu sais que ça ne marche pas toujours. Vivement qu'il reprenne le boulot bientôt !

Salomé lui offrit un regard compatissant.

— J'espère que les choses vont bouger bientôt ici comme au pays de N. Nous avions fait des veillées à des points stratégiques de la capitale, notre lycée a participé à l'appel au boycott ponctuel des cours. Je sens que c'est le moment d'intensifier les actions et de faire quelque chose de plus dramatique. Je l'ai laissé savoir à notre chef de section.

— Tu n'as pas un peu peur parfois ? La voix de Salomé était hésitante.

Djemila haussa les épaules.

—Je mentirai en disant que je n'ai pas un peu d'appréhension de temps à autre, mais tu sais ce que dit Nia « Quand il faut y aller, il faut y aller ! » …Non, en fait, j'essaie de ne pas trop y penser, à la peur, je veux dire. Je sais que le danger est réel, mais jette un coup d'œil autour de nous Salomé. Purée ! Tout un peuple est pris en otage ! On nous épie, on nous dit quoi penser, quoi faire, on nous musèle par la peur. Jusqu'à quand ? Je refuse que ma liberté et celle de mon peuple continuent à être brimées. Tu sais à quel point je tiens à la liberté…

Salomé regarda Djemila un moment comme si elle s'imprégnait de ses paroles, puis d'un coup elle se mit à rire.

— Oh oui, je sais à quel point tu tiens à la liberté. Te souviens-tu du mouton d'oncle Mika que tu as libéré ?

Un sourire amusé se dessina sur le visage de Djemila. Elle se le rappelait comme si c'était hier et son père non plus ne l'avait oublié, elle en était sûre. Elle devait avoir sept ans. Son père avait ramené ce mouton tout blanc. Il était beau, calme. Djemila se souvenait surtout de ses yeux : paisibles, confiants. Elle avait entendu dire que son père attendait des invités très importants dans la semaine. Et le beau mouton avait une corde autour du cou, attaché à un arbre dans la cour de la maison. Un animal privé de liberté, un animal en captivité. Djemila avait libéré le mouton. Elle n'avait pas posé un geste facétieux encore moins de défiance. Elle avait simplement trouvé que le mouton n'avait pas sa place là. Son père n'avait, bien entendu, pas vu les choses ainsi.

— Je ne pense pas qu'il m'ait jamais pardonné. Lui et moi ne voyons pas les choses de la même manière. Et comme tu le sais, la liste de nos désaccords n'en finit pas.

Djemila abaissa sa main puis la déplaça sur le côté comme elle se débarrassait de quelque chose d'inopportun.

— Assez parler de mon père. J'en ai rien à faire de lui, si tu veux savoir. Il est hors de question que je continue par être sur les nerfs à cause du paternel.

— J'comprends. Et non, j'te veux pas sur tes nerfs ! Je connais d'ailleurs quelque chose qui va t'aider.

Salomé esquissa un sourire espiègle alors qu'elle sortait une petite boîte rectangulaire d'un tiroir fermé à clé.

— Aide-moi à les rouler avant que les autres n'arrivent.

Les mains de Djemila se mirent à trembler lorsqu'elle referma la porte de la salle de bain après avoir bordé ses frères. Du haut de ses sept ans, Gaby ne s'était pas fait prier pour trouver refuge dans les bras de sa sœur. Fort de ses dix ans, Yuri qui ne courait plus après les câlins, n'avait pas dédaigné l'étreinte de sa sœur. Pas ce soir. Pas aujourd'hui. Aujourd'hui était inédit. La fratrie s'était tenue ensemble, collée, soudée, un peu comme pour repousser l'ombre qui avait menacé de jeter la famille dans l'abîme de la nuit.

La boîte de Salomé, qui contenait l'herbe qu'ils roulaient de temps à autre entre amis, aurait été d'un bon secours ce soir, pensa Djemila alors qu'elle vacillait. Ses pieds ne la portaient plus. Si elle pouvait déjà retrouver son lit ! Elle avait l'impression que les tracas de cette journée la recouvraient comme d'un vêtement épais, encombrant. Les épaules chargées, elle s'adossa contre le lavabo et entreprit de déboutonner sa blouse. Elle dut s'arrêter plusieurs fois, les bras lourds. Lorsqu'elle put enfin se traîner sous la douche, elle laissa couler l'eau chaude longtemps sur sa peau. Au bout d'un moment, elle commença par sentir ses muscles se détendre. Elle ne sut pas quand les larmes vinrent. Elle ne tenta pas de les arrêter. Pas aujourd'hui. Aujourd'hui avait ses propres lois. Ma disait que les larmes étaient bonnes ; elles purifiaient l'âme.

Ma n'était pas là ce soir, et pourtant sa voix résonnait encore dans ses oreilles : « Djemilaaaaaa ! » Djemila était en train de travailler sur un avion qu'elle avait fabriqué et qu'elle essayait de faire voler lorsqu'elle avait entendu le cri strident. Djemila avait laissé tomber l'avion et avait couru en direction de la voix de sa mère, la peur au ventre. Ma ne la huchait ainsi qu'en temps de trouble. Le ton affectueux du « Mila » laissait alors la place à un ton sec, glacial ou menaçant. Mais aujourd'hui, cela n'avait été ni l'un ni l'autre. Djemila avait trouvé sa mère dans sa chambre, agenouillée près du corps de son mari qui gisait par terre. Ses mains étaient entrecroisées au milieu de la poitrine de son époux.

— Vite, vite appelle les secours. Ton père a eu une crise cardiaque !

Un instant, tétanisée, Djemila s'était reprise lorsque sa mère avait hurlé :

— Allez vite !

Elle s'était alors ruée au salon pour appeler les secours. Elle avait passé le reste de la journée dans un état second. Elle avait d'abord rassuré ses frères, par la suite elle avait secondé sa mère dans le massage cardiaque de son père.

Infirmière de son état, Imelda avait appris à sa fille quelques rudiments de son métier notamment les notions de premiers soins. Djemila n'avait jamais imaginé qu'elle utiliserait ses connaissances en matière de massage cardiaque dans de telles circonstances. Elle s'était sentie drôle accroupie sur le corps sans vie de son père.

Attendre les secours avait semblé durer toute une éternité. Quand l'ambulance était enfin arrivée et avait emmené son père et sa mère, Djemila avait confié ses frères aux soins de Salomé, qui n'avait pas hésité à venir soutenir sa cousine quand cette dernière le lui avait demandé. La dame de ménage qui venait quelques jours par semaine n'était pas de service ce jour-là. Djemila avait ensuite pris un taxi pour se rendre à la clinique où se trouvaient ses parents.

Elle avait rejoint Ma dans la salle d'attente. Elle avait simplement pris la main de sa mère dans la sienne, avait blotti sa tête contre son épaule et lui avait tenu compagnie. L'attente avait commencé pour la mère et la fille. Longue, interminable. Et pendant qu'elle attendait, Djemila avait mesuré la chance que sa famille avait. Le standing social de sa famille leur avait permis de transporter son père dans une clinique privée et de lui offrir de meilleurs soins. Elle savait que tout le monde n'était pas logé à la même enseigne au pays de M. Les hôpitaux publics étaient des mouroirs. Le régime asphyxiait le peuple. Il gardait la part du lion et le peuple devait se contenter des miettes. Parfois, il n'hésitait pas à lui disputer ces miettes. Sans vergogne. Sans état d'âme. La sainte colère qui s'était emparée de Djemila à la clinique la secoua à nouveau. Il était légitime de s'en prendre au régime, n'en déplaise à Pa, pensa la jeune fille en enfilant son pyjama.

Ce soir Djemila était seule avec ses frères. Ma était restée à la clinique bien que sa présence ne fût pas nécessaire. Pa était stable, il était hors de danger. Le médecin était venu leur apporter la nouvelle. Il avait tout de même été formel. Pa devait se ménager. Il avait grand besoin de repos. Djemila avait tout de suite saisi ce que cela pouvait signifier pour elle : avec Pa au repos forcé, de nouvelles portes s'ouvraient à elle pour son engagement militant !

Mère et fille avaient dû patienter quelques autres heures avant d'être autorisées à voir le père. Djemila s'était sentie déstabilisée. Son père tout puissant, celui dont elle tenait plus qu'elle ne le savait selon Ma, cet homme avec lequel elle avait croisé le fer si souvent, celui dont elle n'avait rien à faire, reposait maintenant inerte. Un arsenal de sondes le reliait à divers appareils. Il avait l'air bien fragile. Le voir ainsi couché, vulnérable, l'avait touchée et elle s'était rendu compte avec stupeur qu'elle avait eu peur pour son père.

À venir :

La suite de la nouvelle « Et le rideau se lève ».

Le cœur de Djemila bat pour son pays, son peuple. Elle rêve de contribuer à réécrire l'histoire de son pays.

Avec son père en convalescence, le rideau se lève sur de nouvelles possibilités dans la vie de la jeune fille.

Une jeune leader pleine de fougue.

Une bande de jeunes gens déterminés à faire la différence dans leur pays.

Un régime au pouvoir, réputé redoutable, qui n'entend pas se laisser faire.

Vous l'aurez compris, la nouvelle n'est qu'un prélude, un avant-goût. L'histoire de Djemila et de ses amis se poursuivra en un roman.

Et si on écrivait cette suite ensemble ?

Et si je partageais avec vous les coulisses de la rédaction de ce roman ?

Et si vous me donniez votre avis sur la trame de l'histoire, les personnages, le titre, la couverture, etc. ?

Le cœur vous en dit ?

Demeurons en contact via mon site web : www.karinpa.com

Ou ma page Facebook : Karin P-A, auteure

Remerciements :

Merci à ma coach Emmanuelle Soulard et à sa merveilleuse équipe pour tous leurs conseils et leur soutien ; ils ont donné de leur temps sans compter et ils m'ont insufflé cette confiance dont j'avais besoin pour me lancer dans la publication de mon premier ouvrage.

Merci au collectif Frères et Sœurs d'encre pour les partages et l'entraide. Merci à Luc pour sa précieuse aide au sujet de la mise en page ; un merci tout spécial à Doowmée pour sa générosité, sa bienveillance, ses conseils : tu es une perle !

Merci à mes bêta-lecteurs entre autres Elsa et Pierre ; vos conseils ont grandement contribué à améliorer mes écrits.

Merci à Edem pour ses conseils avisés, son encouragement et son appui.

Merci à Nadia ma merveilleuse graphiste à l'immense talent; la couverture du livre est superbe !

Merci à Richère ma photographe pour son travail impeccable et son grand cœur

Merci à ma correctrice Yannick pour son œil de lynx et ses suggestions qui assurément ont rehaussé la qualité de cet ouvrage.

Merci à Diane d'avoir cru en moi dès le premier jour et de m'avoir soutenue dans tous mes projets.

Merci à ma mère Amélie d'avoir nourri mon amour des mots : ton engagement pour mon attachement aux bibliothèques et à la lecture est payant !

Merci à Didier de m'avoir poussée à développer mon sens critique et à diversifier mes connaissances ; ton appui au quotidien est une telle grâce !

Merci à toi, chère lectrice, cher lecteur pour le privilège de vivre cette merveilleuse aventure à tes côtés.

Merci au Commencement et à la Fin à qui je dois tout.